보리수 잎 반지

배순금

전북 익산에서 태어나 전주교대와 원광대 교육대학원 석사를 졸업했다. 1975 년부터 글쓰기를 시작하여 1976년 전국의 교사대상 월간지인 『새교실』에서 주관한 '새교실 대상' 교육애의 기록 부문에서 입상하였고, 『새교실』과 『교육 자료』 교단문원 수필부문에 천료하였다. 2008년 시집 『사각지대』로 작품활동 을 시작했고, 2008년 마한문학상, 국무총리상을 수상하고 황조근정훈장을 수 훈했다. 한국문인협회, 전북문인협회, 전북시인협회 회원이며, 현재 전북여류 문학회 회장, 전북시인협회 지역위원장, 지초문예 회장으로 활동하고 있다.
jbbsk@hanmail.net

황금알 시인선 193
보리수 잎 반지

초판발행일 | 2019년 5월 21일

지은이 | 배순금
펴낸곳 | 도서출판 황금알
펴낸이 | 金永馥
선정위원 | 김영승 · 마종기 · 유안진 · 이수익
주간 | 김영탁
편집실장 | 조경숙
표지디자인 | 칼라박스
주소 | 03088 서울시 종로구 이화장2길 29-3, 104호(동숭동)
전화 | 02)2275-9171
팩스 | 02)2275-9172
이메일 | tibet21@hanmail.net
홈페이지 | http://goldegg21.com
출판등록 | 2003년 03월 26일(제300-2003-230호)

*이 책 내용의 전부 또는 일부를 재사용하려면 반드시 저작권자와 황금알 양측의 서면 동의를 받아야 합니다.
*잘못된 책은 바꾸어 드립니다.
*저자와 협의하여 인지를 붙이지 않습니다.
*이 사업은 전북문화관광재단 지역문화예술육성지원사업의 지원을 받은 사업입 니다.
*이 도서의 국립중앙도서관 출판예정도서목록(CIP)은 서지정보유통지원시스템 홈페이지(http://seoji.nl.go.kr)와 국가자료종합목록시스템(http://www.nl. go.kr/kolisnet)에서 이용하실 수 있습니다. (CIP제어번호 : CIP2019015879)

보리수 잎 반지

배순금 시집

황금알

2019년 기해년己亥年! 내 부모님이 생존해 계신다면 아버지 백삼 세, 어머니 백이 세입니다. 부모님의 만다라 사랑의 결실은 아무런 흠집 하나 없이 열 남매 고이 성장하였습니다. 그중 나는 한가운데인 다섯째로 부모님의 일생에 변곡점을 찍으며 태어났습니다. 그 시절, 극심한 남아 선호 사상 속에서도 유난히 아버지의 사랑은 도타워, 오늘의 제 자리에 설 수 있지 않았나 생각합니다. 남다른 교육열을 지니신 부모님을 무한 존경하며 부모님께 이 시집을 바칩니다.

뚜벅뚜벅 시를 향한 항상심은 칠십성상의 문지방을 넘은 긴 여정으로 이어지길 바랍니다. 삶은 누구나 사랑과 이별, 기쁨과 외로움, 행복과 슬픔이 그리움으로 이어지는 것. 내 시가 한 치의 공감대라도 이룰 수 있다면, 하고 소원해 봅니다. 벌써 십여 년 전부터 발표되었던 작품들을 독자의 입장으로 추려 보면서, 독자들께 시간 속으로의 혼란을 드릴까 봐 작은 걱정이 앞섭니다.

황금알 출판사 김영탁 시인과 관계자들께 감사드리며, 나는 오늘 또다시 태어납니다.

2019년 벚꽃 화사한 사월의 봄날에

차 례

3부

4부

5부

1부

설악 해돋이

긴 기다림의 빛깔이
무채색으로 서서히 바랄 때

출렁이는 거대한 바다를
박차고 손을 뻗어
어스름 잿빛 시공을 가르며
순식간으로
아찔하게 태어나
고고성을 울리며
희망을 예감하고
희년을 기약한다

서천 앞바다 1

꽤나 오랜만의
바다와의 해후다

잡다한 생각들 거르고 걸러
남은 찌꺼기들까지
모두 싸안고 빠져나간
썰물의 뒷모습

한가로운 뒤안길에
마음의 평화가 나래를 편다

상큼한 바닷바람
가슴에 한가득 안고
누구도 침범할 수 없는
나만의 자유를 만끽한다

서천 앞바다 2

솔찬히 시간이 흐른
청량한 서천 앞바다
상큼한 바람이 마냥 좋다

거기에다 사랑스런 그대의 존재로
교감하고 나누는 공통의 대화

그 무엇과도 바꿀 수 없는
소중한 시간 속으로 가는 여행
또 하나의 아름다운 길이다

보이지 않는 끈끈한 인연으로
한 곳을 바라보고 동질성의 사유思惟를
추구하며 공유할 수 있는
그대를 가졌다는 게
해질녘의 귀한 선물이 아닐까

해송들의 그림자가 길어 질 무렵
풍성하고 희망차게 커다란 깃발을 흔들며

빠른 속도로 밀려드는 밀물의 모습은
힘찬 청년이다

붉은 태양이 스멀스멀
수평선과 맞물릴 때
마지막 정념을 불사르는
일몰 또한 장관이다

이른 봄 남녘

온통 속살을 드러내고
함박웃음 짓는다
이른 봄 남녘 들판의 흙들이
긴 잠에서 깨어나
줄을 지어
할 일을 기다리나

이랑마다
부신 봄 햇살로
몸을 씻고 있었다

엊그제
속살거리던 벚꽃잎들
꽃비로 헤어진 지 한 열흘

논둑에는 흰 싸리 꽃들 흐무지게
피어나는 자연의 순리

귀농한 젊은 아낙의 분주한 손놀림은

부농을 꿈꾸며
하루해가 짧기만 하다

가을 숲

고즈넉한 가운데 격렬한
에너지가 감지된다
가을 숲은
겨울을 대비하는 잎눈, 꽃눈에
단단히 코팅을 하고
떨 켜 분리 층을 통해
때가 되면 온새미로 내려놓을 줄 안다

겸허하게 때로는 화려하게
마지막 절정을 위한 숙연함
오색으로 물들여 온몸 치장하고
낙하하는 나뭇잎들

그 속에서도 가을 숲은 희망을 설계한다
어제의 절망은 후일의 영광을 위한
부푼 내일의 꿈을 안고
하늘가에 하르르 날리는
나뭇잎들

내 한 몸 푸욱 곰 삭여
새봄을 잉태하기 위한
혹독한 겨울나기

그들의 족적이 간조롱 모여
희년을 예감하고
자드락 길 속에서
가을 숲은 오늘도
말 없는 파수꾼이 되어
숲정이를 살피고 있다

등꽃을 바라보며

살아가면서
혼자서는 늘 석연치 않아
살을 엮고 혼을 섞어 온전히
목숨을 푸네

돌고 돌아
가지마다 엉킨 설움
종갓집 맏며느리 가슴에
더러더러 박힌 옹이는
구름 떠가는 하늘에
푸르른 눈빛 익히며
휘돌아 가는 긴 여정 속에
따사로운 입김 닿아
고단하지만은 않네

줄달아 날리는 등꽃 향
아래로 속살거리며 아래로만
흐무지게 가슴 풀어
코끝 휘감는 저 향내로 흔들림은

수줍은 신부의 오동보라 커튼 한 자락

창호에 내리는 초야
발그레한 귓불이 탐스럽네

봄

1
보송보송한
귀밑 명주 솜털
간질이고
사알랑 달아나는 바람결에
소녀의
마알간 웃음

2
한 움큼 별무리
디려 놓은 돌절구 낮으막이
뽀얀 뜨물로
엇갈리는 이른 새벽
꽃볼에 내리는 수줍은
새악시의 눈웃음

3
그늘로 고인
수심 한 자락

우짖는 아침 까치
천 년 먹이로 내주는
붉은 미망
어린 미망인의 첫 나들이

4
쪽진 머리에 가리마
묵은 동백기름 향 타고
이제는
고운 꽃상여 타야 하리
홍등 밝혀 추스르는
구십 노부의 간구

부모님의 외출
— 졸업식 날

흑백사진 속에
과묵하신 내 아버지는
검은 외투에
웃을 듯 말 듯 입꼬리가 올라가니
미소 지은 게 분명하고

곱게 빗어 쪽을 진 낭자 머리에
온화하신 내 어머니는
양단 두루마기에 환한 미소
폴 폴 장롱 냄새가 코끝에 묻어난다

그 곁에 처음 쓴 어색한 사각모
꽃다발과 졸업장을 들고 들꽃처럼
멧부엉이처럼 웃고 서 있는 나

그 옛날
육십 년 대 말
내 부모님이 유일하게 기차 타고
동반 외출하신

차마 잊을래야 잊을 수 없는 날로
므네모시네 강은 흐른다

쓰고 맵고 짜고 달콤하기도 했던
부모님의 교육열에 가슴이 뜨거워진다

삼색 개키버들

멀리서도 한눈에
화사롭기 그지없어
누구랄 것 없이 발길은
그쪽을 향하고 있었다

다가가면 갈수록
꽃도 아닌 것이
꽃보다 더 아름다워
높지도 낮지도 않은
중용의 키를 지니고 무리로 서서
손을 흔드는
여린 듯 수줍고 가녀린
꽃이 아닌 나무였다

나무들도 지구촌 시대
삼색 개키버들을 접할 수 있는 이 기쁨

아래서 점차 위로 피어오르는
파스텔 톤의 그라데이션

갓 시집온 새색시
서른여 해 전의 내 가슴마냥
행복한 볼연지로 피어 있었다

* 삼색 개키버들: 마치 꽃처럼 보이는 아름다운 나무(천리포수목원에 있음).

영원한 파수꾼
— 천리포에서

하나둘 셋,
초록별들이 둥지를 틀었네

해마다 초록별 가족은 늘어
국경을 넘고
바다를 건너와
대가족을 꾸렸네

지구마을이 되어
하늘을 가리고
공기는 더욱 청정해져
낮이면 도란도란 천리포를 이야기하고
밤이면 향수에 젖어 먼 하늘을 우러르네

타향이 고향이런가
오로지 나무와 숲 가꾸기에
일생을 바쳐 헌신한 외기러기

거대한 숲과 혼인하고

나무를 동반자로 행복해했던
위대한 그 이름 민 병 갈 박사

-죽으면 개구리가 되고 싶어-
영혼을 깃들이고

지금은
한 그루 목련으로
천리포를 휘돌아 내려다보며
영원한 파수꾼으로
서 있네

송림 숲 파라다이스

하늬바람 온몸으로 맞으며
청정하게 살아가는 해송들
향긋한 솔 내음
눈 뜨면 맨 먼저
스킨십 인사를 나누니 외롭지 않다

위로 또 위를 향하여 가더니만
어디쯤인가

서로에게 어필하며
이야기를 꺼내고
하늘을 향하여
하늘바라기로 찌를 듯이 높은 곳에
둥지를 틀고는 자손을 번식시키는
해송의 은밀함

한 곳에 들이민 솔방울 엉덩이가
대여섯 개
일부다처제인가

오순도순 솔 허브 향
뿜어내고 맡으며
어느새
오십 세월 나이테를
보란 듯이 과시하는
송림 숲 파라다이스

배산盃山

마한의 핏줄 면면히
이어 온 갈대밭 속
모두 어진 속 마을 서북 간
하늘 가린 솔숲
태고의 푸른 이끼
뿌리 담근 한 폭의 수묵화

살아 숨 쉬는
건강한 산죽山竹에 편백 숲까지
가파르지 않아
단숨에 치닫는 능선으로
편안히 맞아주는 그대여

공해에 절은
내 고단한 속마음
뉘일 곳 있었네

천호산 줄기
미륵산 마지막 자락으로

고고성을 울린
금 쟁반에 옥으로 빚은
잔으로 뜨네

안부 2
― 보고 싶은 아버지께

오늘은
어느 구름 아래서
내려다보시는지요
아버지!

제 품에 안겨
마지막 온기 부딪고
스르르 손 놓으시던 그때가
지금도 선연합니다

까치 짖어대던 새벽,
아버지는 느닷없이
제집 현관에 서 계셨습니다

선 채로 말씀도 없이
한참을 둘러보시던
아버지의 영현英顯,
어쩜 그리도 반가웠던지요

돌아서는 아버지의 등받이엔
드문드문 흙이 묻어 있었습니다
망초꽃 어우러진 그 초옥
뙤약볕 여름나기는 어떠신지요

그 먼 나라에서도
오매불망寤寐不忘 딸자식 생각에
휘– 한 바퀴 돌아 다녀가시는
그리운 아버지
풍수지탄風樹之嘆은 꼭 맞는 말이었습니다
선하디선한 모습
정말 그립습니다

연두 오월

연두 오월
모두들 조그만 팔을 들어
힘찬 기지개를 켜고
두리번, 이웃들을 바라본다

눈을 움찔
찬란한 햇살의 윙크로
무궁한 꿈과 소망을
가슴에 한가득 안고
꿈틀거리며
태곳적 들숨 날숨으로
대지는 일렁인다

꼬물거리며
온통 연둣빛으로
새롭게 태어나 많은 사람들에게
오월은 분명
가슴 설레는 봄처녀다

헤어진다는 것

자꾸만 줄기가
휘어진다

하나둘 겉옷을
벗어 던지듯 차례차례
잎을 떨구더니

불어온 찬바람에
그만 푹
수그린 얼굴

2부

안부 4
— 그리운 어머니께

여전히 고운 자태를
뵐 수 있어서 흐뭇했습니다

온화한 미소
쪽진 낭자 머리 그대로
저고리 치마의 단아한 그 모습
스무 해를 훌쩍 넘긴 오늘
어인 일이 시온지요

동장군과 함께 찾아드는 발가락 얼음
자다 보면 무거워진 내 발목
커다란 양말 속에 채워진 노란 메주콩
그 속을 헤엄치는 내 발가락들
그것은 바로 내 어머니의 속사랑 이었습니다

오늘은 한 손에 든
보자기 풀어 보이시며
"네 약병아리다"

고우신 어머니 뵈었던 날은
하루 내내 좋은 일만 있었답니다

그리운 내 어머니
사진을 꺼내어 쓰다듬고 다시 보고
시간은 흘러만 갑니다

텅 빈 방

이제
방들이 텅 비어있다
핑그르르
순간 눈물이
허전함과 행복
뒤범벅된 산물이리라

엄마로서 그렇게도 갈구하던 일
잘 어울리는 반쪽과 함께
둘 다 제 갈 길로 갔다
양지 뜸에 둥지를 틀고

내 곁에 있는 동안
둘이서 각각 다른 빛깔로 그득하게
레이저를 쏘아대더니
돌아가는 물레방아는
필름에 꼬리를 문다

버겁지도 않았지만

양어깨에 날개가 돋았나
자유롭게 가벼워진 것은
왜일까

적자생존의 현실 속에
사람이
사람으로 그저
평범한 행복을 누리며 산다는 게
정녕 쉽지만은 않은 것 같다

항상 변죽을

느닷없이 입가에 웃음 띤 얼굴로
이야기를 꺼내며 마루에 앉으시면
그저 공손히 곁에 앉아서 들었다

그전에는 광목옷에 삼베옷에
풀을 빳빳이 먹여
고슬고슬 입고
팍 팍 삶아서 햇빛에 바싹 말리면
폴 폴 나는 구수한 빨래 냄새 맡으셨다고,

요새 것들은 막 빨아서 그냥 입는다고
뒷집 며느리의 흉을 보신다
처음엔 뭣 모르고 장단을 맞추거나
첨단시대를 설명하려다
그만 풍덩 웅덩이에 빠진 한 마리 생쥐

은근히 변죽을 울리며 하시는 말씀에
정곡을 찔리우고는

갑자기 입가에 웃음 띤 얼굴로
마루에 앉으시면
창槍 앞에서 방패는커녕
단련이 된 나의 뇌세포가
그저 웃기만 한다

죽비를 쳐

순간순간 떠오르는 것을 어찌합니까
심장을 조여 오는 듯한 것들

뇌리에 새겨진
칼을 품은 말과 말들이 선명하게
가슴을 긋고 가는 이 형벌을

물론 허락도 없이
마음대로 일어서서
죽비를 쳐대는
뉘 삶의 굴레

별 없는 달빛 하얗게 부서져
창문을 타고 내리는 괴괴한 밤

사색의 뒤란 길
선명하게 솟구치는
지우고 싶은 기억의 편린들

므네모시네 강*물은
슬픔을 안고
찬연히 흘러가는데
모든 것 감싸 안은
방하착放下着은
자비와 관용
용서 속으로 가는 길이랍니까

큰스님의 열린 마음
환히 밝아 옵니다

* 므네모시네강: 그리스 신화에서 나오는 기억의 강.

능소화

울타리를 타고 넘어
넌출넌출
향나무 가지 부여잡고
피어오른다

행여
다가오는 님의 발소리
귀 크게 열어
듣고 지고

삼복 절기쯤이면
어김없이
도발적인 모습
선명한 주홍 빛깔로
시선을 끌어모으는
요염한 그대

기다림에 지친
처연한 그리움은

키를 넘어 지독한 상사병으로 도져
기다리고 기다리다
화장을 지우지도 않은 채
툭 툭 지고 말아

마지막도 화려한
전설이 돌고 돌아

소엽풍란

지난겨울
초연한 채 냉정하더니
봄바람 맞으며
잎줄기 하나씩 키워
영토를 확장하였지

늘 무표정으로
곡기 한 모금 없이 말간 물 분사로
허기를 견디며
물관부 물꼬 트고
체관부 통통 살찌워
튼실하게 키워냈네

꼬무락 꼬무락 기어코
큰 꽃대 하나 올려놓고
흐뭇하다

아! 뒤쪽에서도 수런수런
작은 꽃대 하나 손짓 부르니

이 어인 축복인가

순백의 입술
달뜨는 밤에 더욱 고고한
천상의 향기는
집안의 경사로 이어지네

옛날에 엄니와

해질녘 베란다에 나가면 아래층에서
스멀스멀 올라오는 된장국 냄새
어제는 간 갈치 굽는 냄새가 났었는데
어릴 적 생각이 난다
누구는 꼭 왼손잡이*가 있어야만
물 말아서 밥 한 그릇을 먹었다는
엄니의 이야기

옛날에 엄니는
조그만 돋보기를 가끔씩 치켜 올리고
반짇고리 뒤적이며 조각상보 꿰매고
그 옆에 배를 깔고 엎드려 숙제를 했었다

오학년 땐가
엄니와의 광목옷 다림질로 혼쭐이 났는데
졸리운 눈 부릅뜨고 있는 힘 다하여
팽팽하게 잡아당겨야만 했던 그 기억
스르륵– 스르륵–
오르내리던 조선 다리미의 붉은 추억

52

다음날
아버지는 그 옷을 입으시고
큰기침하시며 외출하셨다

* 왼손잡이: 밥 먹을 때 왼손에 생선토막을 들고 밥 한번 먹고 생선을 조금
  씩 떼어 먹었다 함.

망우초忘憂草

왠지
마음이 끌렸습니다

목구멍이 훤히 보이도록
소리 없이 웃어주곤 꼬스라져
모든 시름을 거두어 간다는
채도 고운 주황빛 입술

그만 애정이 각별해져
자꾸만
눈길이 갑니다

언제부터인가
불현듯 아니 간헐적으로
내뿜는 이 열기
누가 보내주는 선물일까요
반송함에
수신 거부에도 효력이 없어

긴 세월 속
재가 되지 못한 마그마는
아직도 진행 중으로
높은 곳만을 지향하며 치솟는 상열감이
제 자리를 찾는 날은

내게 시詩는

낮이면
광란하는 소음 속에
귀 막고 눈 감은 상념으로
나들이 떠났다가
밤이면
더욱 아련하게
파고드는 젖은 눈빛으로
청아한 플루트의 음색으로
마냥
도져 오는 그대여

청정하게 마음 비우고
툭 툭 털어 멀리
무위의 일상을 흔적조차
쓸려 보내고 나면
돛배여
나를 태운 돛배여
힘껏 바람을 타라

행복의 고리 엮어
그대 사는 섬에
닻을 내린다

뚝배기보다 장맛

울퉁불퉁, 차암!
이게 뭐지?
그렇게 못생기기도
힘들겠다

머무는 눈길은커녕
손길은 더욱 없어
과일도 아닌 것이 채소도 아닌 것이
끼일 데가 없으니

한쪽에 자리 잡고 앉아
숨소리 죽이며 눈치를 본다

콜록콜록, 한 중년 여인이
"아, 바로 여기 있었네 모과가~"
예쁜 사과, 탐스런 감을 제치고
의기양양
새 주인과 동행하며 하는 말

"얘들아, 뚝배기보다 장맛이란다!"

부재不在의 그리움
― 부모님

내 고향은 머언 먼 산골이나 졸-졸 흐르는 시냇가 아니어도 추억의 작은 도심지에서 맛깔스런 어머니 손맛의 시래기된장국, 동치미가 일품이었다 어쩌다 한 말씀 하시던 아버지의 귀한 음성, 그리고 모든 걸 수용해 주는 듯 포근했던 함석지붕의 널찍한 옛날 고향 집 뒷마루 토방에 고무신 벗어놓고 문지방을 넘나들며 뛰놀았다 안쪽 대청마루엔 드럼통 쌀뒤주며 곳간의 세간, 헛간에 차곡차곡 쟁여 있던 가지런한 장작더미들, 예쁜 꽃 장판의 사랑방에서는 아버지 친구분들의 쉼터로 장기를 두셨다

아버지 책장에는 내가 커가면서 제일 좋아했던 퇴색된 한지 시조집, 또 여러 가지 서적들---아버지 외출하시면 가만가만 꺼내보고 다시 제자리에-

그 고서에서 풍기는 옛날 냄새까지도 난 무척이나 좋아했다 낮이면 뻐꾸기, 밤이면 소쩍새 우짖는 유월이 되면 해마다 더욱더 그리워지는 부모님의 부재!

회갑 해에 아버지, 고희 해에 어머니를 마지막으로 떠나보낸 텅 빈 가슴이 지금도 새록새록 내내 아리다 이토록 간절한 그리움을 그 무엇으로……

소리 죽여 울어 봐도, 가슴 치며 운다 해도 그림자처럼 감당해야 할 아픈 내 몫이다

아무런 꿈도 꾸지 않았는데

모든 게 일순간 멈춰버렸다
아무런 꿈도 꾸지 않았는데
망설거리며 주위를 맴돌던
뇌관이 내게로 터져 버린 것이다

봉고차, 그 사람의
순간 오판이
운신의 폭을 여섯 자 한 칸 방으로
좁혀 놓고 말았다

내 곁을 맴돌고 스쳐 지나가는 사람
그대들의 이야기가
미소가, 고통들이 수없이 오고 간다

내게도 잠시 휴식의 시간이
필요했던 걸까
생을 점검하라는 계시였을까

부처님의 이마가

의사의 하얀 가운 등 너머에서
환히 빛나고 있었다

빙글빙글 돌던 천정이
스르르 제자리를 찾는다

행복의 패스워드

구멍으로 들어가고 있는
커다란 물고기
온 힘을 다해 잡아 빼냈다
뽀샤시하게 반짝이는 은빛 비늘 옷이 선연한데
깨어나 둘러보니 허퉁하다

바로 꿈, 태몽이었다

행운의 여신은 비껴가지 않았다
행복 바이러스가 우리 집을 기웃기웃하더니
품 안을 파고든 것이다

첫 손녀가 태어나던 날
사춘기 소녀처럼 부웅 들뜬 마음
만면에 웃음 가득
영혼까지 아드레날린이 솟아나는
이 농와지경弄瓦之慶!

우리에게 행복의 패스워드를
안겨준 첫 손녀는 나우娜佑다

3부

어떤 환타지

덜컹덜컹 창문이 바람 몇 줌 들이는지
흔들리는 데
난 가슴이 두근두근
기어코 돌아보고 말았어

고개가 왜 돌아갔을까
이미 접어서 그 누구의 힘이라도
빌려 펴지 않으면
보이지 않을 그리움이
항상 나를 배회하며 저 깊은 곳
가슴 한켠에 있었구나

이미 무너져 산화한 줄 알았는데
온기가 아직 남아 너무 성성한걸
밀당을 하는 그리움 한 조각
난 소리죽여 당기고 있었나 봐

밀려오는 밀물 뒤에 저벅저벅 걸어오는
어떤 환타지

첫눈

산홋빛으로
곱디고운
혼자만의 비밀이
아무도 몰래
훌훌
발가벗는 밤

삼계의 인고를 보듬어 안고
쌓인 은빛 어린魚鱗의
소리 없는 행진은
희년을 예감하는
신부의 풋풋한 살 내음

나풀나풀
황촉 불에 부딪히며
부푼
꿈으로 꽂힌다

삽화를 그리며

생수 한 모금으로
온몸의 멀미를 추스린다
어지럼증을 누그린다

칠백여 날의 외도 속에서
초롱초롱 물기 도는 눈동자들
그 첫 만남의 환희를 염원하며
마디마디 눌렀던 관절은
툭– 툭–
잎이 되어 푸르렀고
벙글며 눈트는 꽃눈이 되었다

모르게 눈빛을 맞추고
몸짓, 표정을 익히던 시간
헤어질 때마다
긴 꼬리로 이우는 보랏빛 여운은
서로의 빈 가지를 흔들었다

해를 넘기며

못다 한 아쉬움은
그리움을 베어 물고
깊어가는 겨울처럼
안으로
안으로 다가가
긴 어둠을 써레질하고
새 빛을 향한 영혼의 슬기를
야무지게 깁고 있었다

레테의 강

너의 모습 보이지 않자
삼라만상은 칠흑이었다

그 어둠 속으로
너와 걷던 캠퍼스 뒷산 오솔길
자주 가던
다섯 모 창문이 인상적인
그 레스토랑
수많은 약속, 얘기들도
함께 묻혀 갔다

온몸을 어둠 속에 던진다
대지는 소리죽여 흐느끼다가
때로는 통곡을 하였다

어둠은 긴 시간 침묵하며
밝아질 기척조차
터널의 끝은 보이지 않았다

긴 세월 아름다운 추억, 환한 미소
숱한 이야기들을
어둠이 삼키려 한다

이승인지 구천인지
분별없이
레테의 강은 유유히
흘러만 가는데

안부 1
— J에게

한 마디 문자 수신도 없이
소리 없이 흐르는 긴 의구심은
파도에 휩싸이는 바다 어귀 방파제

기다림의 큰 눈은 껌벅이다 지쳐
포효하는 겨울파도를 등 뒤로 하고
감추고 싶은 표정의 그대가 서 있다

달리다 멈춘
협궤열차의 묵직한 바퀴처럼
나의 깊어지는 침묵은
그대 찾기를 마다하는
성정으로 숨죽이는데,

그것은
그대 안에 스스로를 빛내려
껍질을 벗기는
새로운 씨앗의 용트림이
희망에 부심을 보았기 때문이다

안부 3
— Y에게

우수 지나 경칩의 길목
흐무지게 쏟아지는 눈발 헤치며
그대가 달려온다

그대, 승리의 정복자
환한 미소가 넘쳐나고
힘겹게 거머쥔
붉은 깃발 펄럭인다

싸락눈은 함박눈 되어
축복으로 내리고
던져진 주사위는
찬란한 그대의 갈 길을 이른다

이룬 꿈
만년 보시로 성불하고
그대여 종말엔
몸을 추스르게나

처음으로 집 떠나는 스물하나

여섯 남자랑 나는 어섯눈을 지닌 채 낯선 어느 한 곳으로 발령을 받았네 처음으로 집을 떠나는 스물하나 딸자식 걱정에 어머니는 잠을 못 이루시네

말수 적으신 아버지는 뒷짐을 진 채로 서성이며 사뭇밖을 내다보시는데 어머니는 이불이랑 요랑 베개랑 한 짐 보따리 챙기시며 하숙집이 없어 보건소 언니들한테 얹혀서 살아야 한다고 땅이 꺼지게 한숨을 쉬시네

어머니랑 나랑 함께 실린 이불짐, 생활짐은 덜컹덜컹 비포장도로를 버스는 달려가네 점점 바닷가가 눈 앞에 펼쳐지니 마음은 더욱 불안하고 황량해지네 하지만 그곳이 제일 안전한 곳이라는 아버지 말씀인즉 그곳에서 면장을 지낸 당숙 어른이 뉘 집에 다랑이 논이 몇 배미, 숟가락이 몇 개인지 유리알처럼 환히 다 아는 곳이라고 위로의 전갈을 받은지라 어머니와 나는 조금 안도를 하면서 가네 그게 바로 변산 벼룻길, 절벽을 끼고 구불구불 한참을 달려 당도하니 머흘머흘 흘러가는 구름 속에 삼월에도 함박눈이 펑펑 쏟아지네

철부지 순진떼기 나는 새로운 환경에 얼떨떨하여 내 앞만 걱정했지 어머니가 어떻게 집으로 잘 돌아가셨는

지조차 생각도 못 하네

그 후로 일주일이 어찌도 그리 더디던지 매주 토요일만 기다렸네

한 부모는 열 자식을 건사해도 열 자식은 한 부모를 봉양 못 한다는 옛말이 참 진리네

놀람 반 환희 반

절레절레
그대 손 내저으며 떠나가고 있습니다

그때는 그대 다시 볼 수 없음에
고통과 상심의 나날이었습니다

나목들 사이로 둥지 찾아
새들 하나둘 떠나고
한 계절을 나면서 체신경은
붉은 등을 켠 채 나지막이
가라앉아 시간의 솔루션만을
동토로 다져진 대지에
연두의 물이 오르고
있는 힘을 다하여
흙을 가르고 들추며
앙증맞은 봄 까치 꽃이 피어났습니다

그때 신산스럽게 서 있는
그대의 몸통을 웬 낯선 이가

어루만지고 있었습니다

놀람 반, 환희 반이 휙 스쳐 갔습니다

그 뒤로 우듬지에 새 눈 하나
곁에 또 하나
새 눈이 어린잎이 되고 어느새
돌려가며 겹쳐 나더니
쌍둥이 흑법사*로 돌아왔습니다

두 계절을 묵묵히 나고 있는
그대 그린비 에게도
우리의 기쁜 재회를
알려드립니다

* 흑법사: 다육식물의 일종.

사랑은 지나가리니

흠뻑 물오른
나무들이 연두를 뿜어낸다

살풋 불어오는 미풍에
마음은 어느새 강을 건너
손을 잡고
퐁 퐁 솟아오르는
가슴은 콩닥콩닥
하늘을 비끼고 더 높이
상승하며 교감하는
사람과 사람들

발길은 가벼이 자연스레
연지문蓮池門을 향하고
빛나는 햇살에
철 이른 나들이 족들의
함성과 파안대소破顔大笑

부푼 마음으로 둥 둥 떠가는

백조에 몸을 싣고
유쾌하게 발을 구르며
일몰을 아쉬워하던
두 사람

사랑은 순간순간
그림자도 없이
지나가리니

별로 뜨는 그대

하늘과 땅 사이
들숨 날숨 고르는
같은 일상
고요한 밤이 되면
별로 뜨는 그대여

강산이 바뀌어 간
길고도 짧은 시간
다 내어주고
숨죽이며 서걱대는
갈대밭

멍에가 되어
배회하는 자존감이
무엇이기에
남아있는 소중한 이야기들
달님에게 들려줄까

발길 닿는 대로 가다 보면

담쟁이 덩쿨, 물레방아 돌아가는
바로 그 카페

잃어버린 시간을 셈하며
먼 하늘 바라봅니다

느림의 미학

왠지
낭만스럽기도 하고
아날로그를 연상시키는
'장항선' 열차

긍정적인 사고로
천천히 또 천천히
무척이나 평화롭다

느림은 만물을
안정 속에서 하나씩 하나씩
깨어나게 한다

스믈거리며 사라지려던
기억의 끄트머리를
움켜잡는다

파란 가을 하늘에
배시시

환하게 도져오는 순수한
소년의 미소

행복했던 시간들과 교차하며
추억의 시간을 더듬는 이 시각
느릿느릿 가면서
맛보는 느림의 안정감

흘러간 영상들이
오버 랩 되어 와
아름답기 그지없다

벼랑에 서서

멀리
아파트 숲 사이로
동그마니 떠오르는 얼굴

수많은 약속
나누었던 얘기들 되살아나
팔랑팔랑 나비 되어 귓가에 스친다

눈빛 하나만으로도 샘솟던
사랑의 힘
참으로 편안했던 그때
아직도 들리는 듯 남아있는
음성은 폐부 깊숙이
똬리를 틀었다

마른 잎 뒹구니 더욱 소슬하다
산꼭대기 벼랑에 서서
노을을 바라본다
헤집고 떠오르는 초상

왜 몰랐을까
모르게 다가온 불청객
여윈 음성이
지금도 귓전에 여울져

보리수 잎 반지
― 목아 박물관에서

어느 날
이지러지고
헝클어진 마음에
제 자리 찾기를 일러주며
불심佛心을 추슬러 주던
보리수 잎 반지

차분한 성정의 삶을
관조하며 반추하던 그 날

흘러간 강물은 다시
돌아오지 않는 거라고
귀띔해 주던
보리수 잎 반지

자비와 관용만이
고통에서 헤어날 수 있다는
진정어린 메시지로
마지막 퍼즐을 맞추어 주던
보리수 잎 반지

4부

풍등 風燈

훠이훠이 오른다
밤하늘 수놓는 풍등
가시는 하늘 길 밝혀 주려
따뜻한 민심 한가득 품고
둥실둥실 오른다
저 높은 하늘로
그 불씨 사위지 않고
커다란 횃불 되어
가시는 걸음걸음
환히 비춰주리

머리 조아리며 합장한 수많은 사람들
눈물은 강을 이루고
뼛속에서 우러나오는 통곡의 진동
바람에 실려 오는 처절한 울부짖음
산야도 함께 진저리를 쳤다

그해 풍속도風俗圖

　기아가 허기지던 날, 독수리 한 마리가 비잉 원을 그리다가 또 하나의 표적을 향해 수직으로 급강하한다. 이어 거센 힘의 날갯죽지는 익숙해진 토네이도를 일으켜 강타한다

　들음들음으로 해서 와르르 무너지는 억장은 아니지만 먹음새가 또 다른 갑작스런 질풍에 물벼락을 뒤집어써 온통 한기로 사시나무 떨이 나는 몸 작은 새, 힘없는 작은 동물들은 초점을 잃고 방향을 가늠치 못하며 혼돈의 미로에서 헤어나지 못한다

　기가 질리고 말문도 막혀 아득하니 먹구름 속으로 자맥질하며 굳어지는 세 치 혀, 가슴마다 더욱더 벌어지는 높고 낮은 계층은 빈부의 큰 편차를 부르고 저편 모모한 별장의 과수원엔 주저리주저리 어린애 머리통만 한 황금 열매가 무량으로 열리고 있었다

법정 스님

떠났대도 아니 뜨고
눈 감아도 보이는 분이십니다

이천십 년 삼월 열하루
송광사 문수전
차마 떨어지지 않는 발길
뒤로하고
꽃상여, 만장 하나 없이
한 벌 베옷 갈아입으신 큰 스님

남아 있는 이들 위하여
있는 대로 비우고 내려놓아
뼛속까지 말갛게 죄다 보이십니다

인간사
한낱 머물다 가는 것
"비움은 충만의 시작"이라시며
목마른 이웃들 물꼬 터주고
그저 맑은 향기로 맴돌며

일생을 그리 사셨습니다

"스님, 불 들어갑니다"
참나무 장작더미 속에 모셔진 법구
고요히 사위어 다비로
큰 스님의 영현이 하늘로 떠오릅니다

관대한 미소, 엄숙한 표정은
다시 피어나
우리 곁에 살아 계시옵니다

유전무죄 무전유죄

살다 보면
대인관계, 인과관계
얽히고설켜
풀릴 듯 풀리지 않는
기막힌 사연들

어떻게 살아야
마음의 수고를 덜어줄까

좌-악 펼쳐진 서류뭉치들
'어서 나를 해결해 주오'
길게 뺀 목이 움츠러든다

이해 당사자들은
한결같이
실낱같은 미소도 찾아볼 수 없네

윗 전의승소勝訴 판결을
하루아침에 뒤집는

아래 전의 위력을
어떻게 설명할 수 있을까

야비한 눈빛과 독설이 난무할 뿐
우리네 서민들은
당해낼 재간이 없네

천리포 수목원

그 해, 그 날,
6.25 전쟁은 그에게
하늘을 가르고 바다를 건너
이역만리 남의 땅이
고향이 되었다

아기자기 물 맑고
공기 좋은 대한민국의 산하에
그만 혼을 내주었다

손길 닿지 않아
순수 그대로를 간직한 곳
만리포와 백리포의 중간지점 천리포

계절마다 다른 빛깔로 바닷바람이 불어오는 곳
물안개 이리저리로
무리 지어 피어오르면
그 사이사이로 보이는
연꽃과 수련의 아름다움

언뜻언뜻 보이는 닭섬까지

아무런 바램도 없이
홀로
우리의 산야에 매료되어
뿌리를 내린
벽안의 나무박사

그 얼과 혼이
살아 숨 쉬고 있어
영원할
천리포 수목원

대답이 없다

먼 하늘 노을이
토해 낸 붉은 강물에
함께 어우러지는 검은 나목들 사이로
쉰 목소리를 내며
그대가 걸어오고 있다

수직으로 내려꽂히는 눈빛
동죽도 부르르 떨 만큼 강렬하다
알몸으로 부딪는 나뭇가지들의
서걱대는 울음소리

출렁이는 강물은 물이랑 따라
거친 숨을 내뿜으며 왜
맑은 영혼에 상채기 내어
뭉개느냐 포효하는데
슬픔에 아픔까지 모두
외면하려는 건지

우수수 떨어져 산화하는 별 무리뿐
대답이 없다

명물 1
— 농다리*

예로부터
아낙네 이 다리 건너면
아들을 점지해 주고
노인네 이 다리 건너면
무병장수한다네

나라에 큰 변고 다가오면
이 다리 큰 울음소리를 내고
예로부터 큰 인물 유고시엔
이 다리 상판이 뜬다 하네

천년의 세월을 무색게 하는
이 돌다리는
동양 제일의 유구한
농다리籠橋라네

* 농다리籠橋: 충북 유형문화재 제28호

명물 2
— 농다리

서로들
묵언 속에 다리를 건넌다
염원하는 바는 마음속으로 뇌이며
산자수명山紫水明한 이 고을에
크고 작은 자줏빛 돌을
음과 양 배합하여
별자리 스물여덟 수宿의 깊은 뜻을 담아
스물하고도 여덟 간을
오로지 돌만으로
물고 물리게 한 이 슬기로움

물고기 비늘처럼 차곡차곡 들여쌓기를 한
선인先人들의 지혜가 놀랍기만 하다

천 년하고도 백여 년 동안을
엘니뇨에
라니뇨에
온갖 기상 이변에도
끄떡없이 옛 모습을 그대로

흐트러짐 하나 없이
굴티마을* 사람들과 담소하며
세금천洗錦川*의 파수꾼으로서
제 몫을 다하고 있으니
과연 명물이 아닐 수 없다

* 굴티마을: 세금천 앞마을 이름.
* 세금천洗錦川: 충북 진천의 농다리가 축조된 곳.

가물치
— 권력의 몰락

사각지대를 돌고 돌아
아무리 휘저어도 너는 그 자리

별빛마저 숨은 뜨락 아려오는 허망 속에
움츠리는 권위와 오만
밤낮 만만한 꼬리
애꿎은 지느러미만
혼쭐이 난다

가당찮이 큰 점무늬 멋드린
옷 차려입고
금빛 물살 가슴 벅차게
네 활개를 쳐도
줄줄이 무너져 내린 영화여
민성의 오랏줄에 묶인 너는 수형자다

눈물 한숨 머문 자리 차올라 타는 향수
불경 소리 허공에 매달고

풍경소리에 멱 감는 미련의 잔고가
씨줄 날줄 올곧게 제 자리 찾는 날

빛살 모아 어둠 삭히며
청자 빛 우리의 하늘에
비둘기 날으리

새 이정표를 빚어

— 이동욱 교장선생님 퇴임식

연둣빛
새싹들의 마음 밭에
사뿐히 나래 펴고
알알이 거룩하신 말씀
초롱초롱 빛나는 눈동자들에
본이 되셨던 몸가짐

아기자기 꽃동산을
낱낱이 갈고 닦아
글밭을 일구시고
사랑과 열정
그 몸짓으로 쌓아올린
금자탑이
오늘은 유난히도 찬란합니다.

외길 사십여 년
꿈나무들에 뿌리신
열과 성의 씨앗
금빛 열매로 거두시며

여생의 뜨락에 나래 접고
평안으로 새 이정표 빚어
웃음꽃도 다정히
강녕하소서

어도 魚道

스르륵– 스르륵–
고기들이 떼를 지어 이동한다

길목을 지키는 포식자들
뭇 사람들의 시선을 피하고자
어둠을 틈타서
대이동이 시작되었다

산란기에 더욱 선명해지는
황금색 줄무늬의 황어들
내장된 나침반으로
바다와 강을 오가니
수월하다

인간들이 만들어준
고깃길
폭이 좁고 너무 높아
그대로 승천길이 되고 말아

종족 지키기는 그야말로
물거품이다

어제魚梯가 필요하다
한시라도 빨리

수고 많았어

어둠의 장막은
언제 걷히는 걸까

우수지절에 들어온 네모난 하얀 방
나와 보니 경칩이 지나갔다

드디어 손가락 하나가
보이기 시작한다
망막이 신호를 보내고 있었다
깊은 수렁에서 허우적대기만 거듭하더니
이제 유리체도 말끔히
제구실을 다하고 있음에
빛을 향하여
터널의 끝을 빠져나온 것이다

보름 동안을
애쓴 한쪽 눈에게
'고마워, 수고 많았어'
등 두드리며

히포크라테스의 선서를
깡그리 구워 먹은 아전인수我田引水
구백 량의 귀한 존재를

욕심을 버리지 못한 채
오늘 또 어디서
돌아올 수 없는 길로

풍경 1
— 대중목욕탕에서

뿌연 안갯속
이곳은 살아가는데 누구나
꼭 필요한 곳이다

몸을 부리고 눈을 감는다
발끝 먼 나라에서부터
탐색은 시작된다

점차 위로 올라오는 손길
작은 언덕, 구릉 지대
밀림, 협곡을 지나 무릎을 세운다

손길이 미치는 곳마다
체세포들은 아우성 아니면 환호성이다

반듯하게 시작하여
뒤집어엎어 놓고 누르고 밀고 문지르고
한바탕 거센 폭풍우가 지나
가까스로 정신을 차리는데

육신은 깃털을 달고
어느 피안의 길을 간다

원초적으로 인간의 평준화가
이루어지는 곳이기도 하다

풍경 2
― 물범

멸치 떼가 와르르
분명 물범의 짓이다
그물을 터뜨린 것
이때만큼 물범이 미웠을까

겨울이 오기 전에 물범들은 간다
아직 못 건너간 어린 물범
물기 어린 눈빛이 애처롭다
따뜻해지면 또 오니라
              ·
              ·

봄이 오면 먼데 수평선에
자주 눈길이 간다
왜 아직 안 오지?
언제 오려나

꽃게잡이 집어등이
멀리서 환하다

남과 북의 NLL이 생긴 뒤
어장은 더 풍요롭다는데
조경수역潮境水域이니
그럴 수밖에

성체가 되어 돌아올 물범의 모습이
어른거린다

5부

4월의 프라하

왠지 두려움이 감도는
무채색의 시가지
흡사 집단 수용소를 연상케 하는
무표정한 콘크리트 건물들이
줄지어 서 있다

집집이 신작로 쪽 밖으로
두 개의 창문을 내고
한결같은 꽃 화분 두 개의 의미는
보이지 않는 어떤 족쇄

반백 년 전
민중의 민주화를 갈망하던 꿈이
와르르 무너져 나동그라지고
대 여섯 달 만에
두브체크 프라하의 봄은 다시 꽁꽁
겨울로 얼어붙어 버렸던 그때가
성큼성큼 걸어 나온다

혼란의 시기를 해결해준
짧지 않은 시간이
조용히 미소를 짓는다

축 처진 산야의 나무들
납작 엎드린 대지의 풀들도
이제는 허리를 곧추세우고
우리와 같이 까르르한 개나리
자목련이 귀빈으로 피어난다

당당한 시민들의 발걸음
자유로운 표정들
활기가 가득한 4월의 프라하가 화사롭다

워킹 팜 트리*

아무도 모르게 한 발을
옆으로 내딛고 휘둘러보며
자리를 잡는다

곁에서 묵묵히 응원하는 엄마의 얼굴에
안도를 하면서
언제나 더운 나라 작렬하는
태양 아래
땀을 흠뻑 흘리고
먼지를 뒤집어쓰는 일상에
이력이 났다

요즈음은 많아진 낯선 여행객들에
수줍은 듯 몸을 비비 꼬며
공중 뿌리를 자랑하는데
심층부 저 깊은 곳에서는
종족을 보존하려는 본능으로
꿈틀꿈틀 옆으로 옆으로만
쉬임없이 걸어가는 팜 트리

신세계를 향하는 그들의
꿈은 푸르게 살아있다

* 워킹 팜 트리: 미얀마에서 볼 수 있는 열대 식물, 일명 "걸어 다니는 나무"
  라고 한다.

너무 아름다워

그 이름만으로도 낭만이
넘치는 센강

반짝이는 물살에
상큼한 밤바람

파리의 야경이 닻을 올리면
노천객석의 유람객들
나풀대는 머리칼에 한껏 높은 웃음소리

거스르는 강을 따라 펼쳐지는 풍물에
육중한 교각들
퐁네프의 다리를 지나
저 멀리 휘황한 에펠탑은
네온으로 불붙은 채 전신을 드러내는

물속 풍경
— 종족 지키기

물줄기 따라 산호숲 속, 긴 방황 끝에 반쪽을 찾은 청줄돔이 애틋한 사랑을 나눈다 태어날 이세를 위하여 부지런히 터를 닦는데, 주둥이로 열나흘 동안이나……

지리도록 계속되는 맹추격에 벼랑 끝에서 그만 사랑을 허락하는 엄마 연두자리돔, 바위 밑 은밀한 둥지에 산란하면 때를 놓칠세라 아빠 연두자리돔은 뿌연 안갯속에서 일일이 입맞춤한 뒤 사랑스런 분신들에 살랑살랑 앞지느러미 부채질을 하고,

하늘거리는 물풀들에 주렁주렁 목숨을 건 문어알들, 아빠문어는 분신들의 무수한 적들을 입으로 물어서 멀리멀리 이별여행을 보내면 그 시간에 치어가 되어 은빛으로 팔랑일 때 어미 문어는 이미 식어가는 몸을 여덟 개 긴 다리로 둘둘 감싸고 최후의 순간을 맞이하며 여느 포식자의 제물이 되고 ……태어나면서 고해가 아닌 위대한 대자연의 섭리로 한 삶의 행복한 여정, 이렇게 역사는 진화해 가며 끊임없이 이어질 종족 지키기는 살아있는 것들의 본능이자 아름다운 축복의 길이런가

탁발托鉢

아침 예불을 마치면 그네들은
깨끗한 바리때*를 챙겨 든다

무명천 한 장이면 족한 그들의 의상에
맨발로 일곱 집만 간다

주는 이와 눈을 마주치지 않는 불문율 속에
주는 이의 공덕을 쌓을 기회를 베풀고
무소유계를 실천하는
공양과 보시의 수행방식이다

연이어 세 집이 탁발*을 안 하면
그 날은 굶는다
굶어도 평화로운 일상

탁발 음식은 넷이서 나눈다
동료 수행자, 가난한 사람, 신
나머지 하나를 먹는다

하루 한 끼를 먹으며
아집我執과 아만我慢을 배제하고
무욕無慾과 무소유無所有의 생활은
그저 행복하기만 하다

오로지 현실에 만족하며 불경을 외우는데
시간 가는 줄 모르는 민족성
낭랑한 목소리가 이채롭다

* 바리때: 공양 그릇.
* 탁발:미얀마, 불교에서 행하는 불교의 수행방법 가운데 하나(승려가 경문
  을 외면서 집집이 다니며 보시를 받음).

함라산 숭림사*

산사의 골바람에
청량한 풍경소리

함라산 자락
태고의 숨결을 지닌 채
고즈넉이 자리한 법당

뒤란 댓 잎들의 속삭임과
인간 속세의 번뇌를 싣고
천년고찰 숭림사의 몸통을 휘돌아
골 깊은 쪽
산 능선을 타 내릴 때
저녁예불을 알리는 범종 소리

뭉툭한 음성 주지 스님의 성큼 한걸음에
바지런히 살가운 애기보살
옹달샘 동자승의 총총걸음

삼라만상은 모두

자비로움 속으로 길 떠난다

* 숭림사: 전북 익산시 웅포면에 있는 공찰로서 보물 825호 천년고찰.

겨울 덕장

황태가 걸려있다
처음엔 명태다
고랑마다 묵직하게
처음엔 칠십 킬로의 거구로
바람찬 눈보라
따사로운 햇볕
미친 듯이 불어대는 북풍을 맞으며
본분에 충실하려
혹독한 길을 걷고 있다

거기엔 자식들 굶기지 않으려는
할아버지의 숨결이 녹아있고
까막눈 일깨워 주려는
아버지의 무궁한 꿈이
흘러가는 세월과 범벅을 치며
노랗게 황금빛으로 물들어 간다

이제 사십 킬로의 몸으로
제구실을 다하려

제주도

어디서부터 어디를 향해
달려가길래
그리도 바쁘게 달리는 걸까

속도에 가속도를 얹어
내 달리는 붉은 코
잠도 잊은 채 벌겋게 뜬 눈으로
온 밤을 달려와
겨울 바다 여명에
얼굴을 씻고 가슴을 디밀어도
다시 그 자리

온종일 질주하며
삼백예순날을 통째로 살아 먹는
제주의 만물은
이미 고도의 바람 떨이를
즐기는 중이었다

스카이 워크
— 기벌포전망대

우리는
바다와 솔숲이 맞닿은 절경에
환호하였다

예술 감성 농후한 소나무의 몸통에
취해서 송림 길을 걷다 보니
쭈욱 솟은 육중한 철제 다리가 보인다

나선형 계단을 요리조리 올라가다
눈을 들어 바라보니
와! 툭 터진 망망대해가
한눈에 들어온다

아찔한 하늘길을 걷듯
사뿐 조심 걷는 스카이 워크
당 태종의 욕심에 반기를 든
김춘추의 용맹심이 빛난다

삼국시대 동북아시아 최초의 국제 전쟁터로

이기다가 지다가
또 지다가 백강*에서 당의 해군을 격파시켜
쾌거를 이루어 낸 신라군

참으로 위대한 역사가 숨 쉬는 곳
기벌포 전망대

상큼한 해풍이
콧속까지 서늘하다

* 백강: 지금의 금강.

그네들의 파고다행은

속마음을 들춰내기 시작한 지
불과 몇 년
한 꺼풀씩 벗겨지는 신비

적선積善의 민심
맨발의 평등을 구현하며
아프거나 괴로우면 파고다에 간다
그네들의 파고다 행은
플라시보효과와 소통이 되는 것이다

가난 속에서도 우는 어린애는
볼 수 없었고 모두들 해맑은
미소, 평화로운 표정으로
그야말로 행복지수 1위

더운 나라다 보니 모기도
있을 법한데
모두 태양이 거두어 갔나보다

이제 군부는 물러가고
능력껏 행복을 추구하는
민주화의 길이
실현되는 중이다

미륵사지彌勒寺址

드디어 해냈다
이천 십 오 년 칠월 사 일 삼십구 차
세계문화유산으로 등재되던 날
박수를 치며 환호했다

용화산 남쪽, 좌우 능선 사이
양지 뜸 남향 땅
백제 무왕의 굳은 의지와 탁월한 정치역량으로
건립된 미륵사彌勒寺

본체는 간데없지만
마한의 옛 도읍지로
한국 최대의 사찰 터다

복원된 동탑
복원중인 서탑, 그 중간에
목탑의 뿌리가 여실하다

삼 탑, 삼 금당에

동서로 대칭을 이루며 서 있는
당간지주幢竿支柱, 두 기基 사이 구십 미터로 보아
보기 드문 대찰大刹이다

드넓어 평화롭고 여유로운
절터엔 파르라니 연둣빛 잔디가
전성기의 영화를 노래하며
우리를 반겨준다

무왕의 기개와 자비의 불심佛心에
두 손이 저절로 모인다

할슈타트*
— 소금광산

이른 아침 쌀쌀한 날씨는
간밤의 해미를 가득 안고 돌아왔다
잠에서 막 깨어난 듯
산과 호수가 부옇다

동화 속의 요정, 봄꽃을 들러리로
할슈타트 호수에 비친
청정한 풍경들
'가자, 가자' 저 높은 산으로
소금광산의 광부들 노래를 부르며
후니쿠라*를 타고 하루를 연다

비낄 수 없는 자연의 섭리로
한때는 바다였다가
대륙이동의 융기로
이제는 높은 산악지대 속의
소금광산이다

주루룩

나무 미끄럼틀을 타 내리던

소금이 경제를 담당한

그 시대의 주역이다

* 할슈타트:오스트리아의 소금광산과 호수가 있는 관광명소.
* 후니쿠라:오스트리아의 산악열차(우리나라의 케이블카와 비슷하나 속도
  가 **빠름**).

크로아티아의 봄 풍경

드넓은 초원에 띄엄띄엄
붉고 예쁜 작은 벽돌집들
하얀 뭉게구름 소롯 흘러가는
담장 없는 집 둘레엔
이름 모를 들꽃들
무리로 어우러져 한가롭다

사람은 다들 어디에
음악이 흐르는
엽서 속의 풍경이 눈앞에 펼쳐진다

근처의 텃밭은
봄맞이로 속살을 드러낸 채
새 주인을 기다리나
들판에는 파릇파릇
연두초록 다투는데
여기저기 하얀 속삭임

혼란을 딛고 이제는

평화와 여유
기대와 기다림이 공존하는
사백여만 인구의 크로아티아
유유자적한 봄 시골풍경이다

보탑사* 연등

바람을 가르고 합장하며
보탑사에 들어선다

가을인데
소나무 가지마다 웬 꽃들이(?)
가까이 다가가니
소나무 가지에 빼곡히 매달린 소망들
간절한 염원을 담은
앙증맞은 연등들이 머리를 맞대고
속삭이듯 어우러져 있다

어쩜 이리도 귀하고 고울까
비구니들의 어여쁜 심성이
그대로 발현된 듯하고
자비로우신 부처님께서는
간곡한 발원을 모두 허용하실 듯싶다

나 또한 보리심菩提心을 기원하고

* 보탑사: 충북 진천에 있는 3층 목조대탑.

136

해설

혈연血緣과 불심佛心과 리듬으로 빚은 느림의 미학
― 배순금의 시 세계

권   온(문학평론가)

1.

배순금은 1991년 공식적인 시인의 이름을 얻은 이후 시집 『사각지대』(2008)를 출간하였고 제10회 마한문학상을 수상한 바 있으며 현재 전북여류문학회 회장으로서 활동하고 있다. 이번 시집은 배순금 시인의 새로운 면모를 확인할 수 있는 소중한 계기가 될 것으로 예상된다. 우리가 여기에서 각별한 주목을 기울일 시편으로는 「안부 2 ― 보고 싶은 아버지께」「텅 빈 방」「행복의 패스워드」「죽비를 쳐」「능소화」「내게 시詩는」「느림의 미학」「보리수 잎 반지 ― 목아 박물관에서」「명물 1 ― 농다리」「너무 아름다워」「탁발托鉢」 등이 있다. 서정시의 순금純金을 찾아서 떠날 시간이 다가왔다.

2.

오늘은
어느 구름 아래서
내려다보시는지요
아버지!

제 품에 안겨
마지막 온기 부딪고
스르르 손 놓으시던 그때가
지금도 선연합니다

까치 짖어대던 새벽,
아버지는 느닷없이
제집 현관에 서 계셨습니다

선 채로 말씀도 없이
한참을 둘러보시던
아버지의 영현英顯,
어쩜 그리도 반가웠던지요

돌아서는 아버지의 등받이엔
드문드문 흙이 묻어 있었습니다
망초꽃 어우러진 그 초옥
뙤약볕 여름나기는 어떠신지요

그 먼 나라에서도

오매불망寤寐不忘 딸자식 생각에

휘- 한 바퀴 돌아 다녀가시는

그리운 아버지

풍수지탄風樹之嘆은 꼭 맞는 말이었습니다

선하디선한 모습

정말 그립습니다

- 「안부 2 — 보고 싶은 아버지께」 전문

시인은 '딸'의 입장에서 '아버지'를 그리워한다. '아버지'가 지금 위치한 공간은 "어느 구름 아래"이거나 "망초꽃 어우러진 그 초옥" 또는 "그 먼 나라"이다. "제 품에 안겨/ 마지막 온기 부딪고/ 스르르 손 놓으시던 그 때가/ 지금도 선연합니다"라는 2연의 진술이 임종臨終을 가리킨다고 할 때, '딸'과 '아버지'는 이승과 저승이라는 각각 다른 나라에서 거주하는 중이다.

가끔 그런 때가 있다. 다른 곳에 계셔야 할 사자死者가 지금, 여기에 있는 것만 같은 강렬한 느낌에 사로잡힐 때가 있다. 시인은 "까치 짖어대던 새벽," "집 현관에 서 계"시는 "아버지의 영현英顯,"을 목도한다. "선 채로 말씀도 없이/ 한참을 둘러보시던" "아버지의 등반이엔/ 드문드문 흙이 묻어 있었습니다"라는 진술은 산소山所에서 일어나신 아버지를 떠오르게 한다는 점에서 현실과 환상의 절묘한 조화에 가깝다.

아버지는 어둠과 빛이 공존하는 경계의 시간인 새벽에
"딸자식"을 찾아왔을 테다. 딸을 대하는 아버지의 태도
는 "오매불망寤寐不忘" 곧 '자나 깨나 잊지 못함'이다. 아니
다. 정확하게 말하자면 이 상황은 오매불망을 뛰어넘는
것이다. 아버지는 생전生前에 이미 딸을 자나 깨나 잊지
못했을 게고, 이제는 사후死後에도 잊지 못한다. 아버지
는 죽으나 사나 딸을 잊지 못하는 것이다. 딸이 또 시인
이 아버지를 '풍수지탄風樹之嘆'의 심정으로 그리워하는 일
은 지극히 당연하다고 하겠다.

　　　　이제
　　　　방들이 텅 비어있다
　　　　핑그르르
　　　　순간 눈물이
　　　　허전함과 행복
　　　　뒤범벅된 산물이리라

　　　　엄마로서 그렇게도 갈구하던 일
　　　　잘 어울리는 반쪽과 함께
　　　　둘 다 제 갈 길로 갔다
　　　　양지 뜸에 둥지를 틀고

　　　　내 곁에 있는 동안
　　　　둘이서 각각 다른 빛깔로 그득하게
　　　　레이저를 쏘아대더니

돌아가는 물레방아는
필름에 꼬리를 문다

버겁지도 않았지만
양어깨에 날개가 돋았나
자유롭게 가벼워진 것은
왜일까

적자생존의 현실 속에
사람이
사람으로 그저
평범한 행복을 누리며 산다는 게
정녕 쉽지만은 않은 것 같다

— 「텅 빈 방」 전문

   앞에서 살핀 「안부 2 — 보고 싶은 아버지께」가 '아버지'와 '딸'의 관계를 다루었다면, 이번 시는 '엄마'와 '두 자녀'를 고찰한다. 시의 화자 '나'는 "텅 비어있"는 "방들"을 바라보며 "허전함"과 "행복"이라는 대비되는 감정의 "뒤범벅"을 체험한다. "내 곁에 있는 동안/ 둘이서 각각 다른 빛깔로 그득하게/ 레이저를 쏘아대"서 너무 힘들었던 '나'이지만 "엄마로서 그렇게도 갈구하던 일" 곧 "잘 어울리는 반쪽과 함께/ 양지 뜸에 둥지를 틀고" "둘 다 제 갈 길로 갔다"는 현실 앞에서 혼란스럽다.

   '나'가 양가적인 감정의 소용돌이 앞에서 혼란스러운

까닭은 "양어깨"를 짓누르던 '버거움'이 '가벼움'으로 바뀌었으나, '텅 빈 방'을 두고 각자의 둥지를 틀기 시작한 '두 자녀'를 향한 고민이 만만찮기 때문이다. "적자생존의 현실 속에/ 사람이/ 사람으로 그저/ 평범한 행복을 누리며 산다는 게/ 정녕 쉽지만은 않"다는 사실을 '나'는 잘 알고 있기 때문이다. 배순금 시인은 두 편의 시에서 '딸'의 입장에서 또 '엄마'의 입장에서 '아버지'와 '두 자녀'를 향한 인간미人間味를 유감없이 보여주고 있는 것이다.

구멍으로 들어가고 있는
커다란 물고기
온 힘을 다해 잡아 빼냈다
뽀샤시하게 반짝이는 은빛 비늘 옷이 선연한데
깨어나 둘러보니 허통하다

바로 꿈, 태몽이었다

행운의 여신은 비껴가지 않았다
행복 바이러스가 우리 집을 기웃기웃하더니
품 안을 파고든 것이다

첫 손녀가 태어나던 날
사춘기 소녀처럼 부웅 들뜬 마음
만면에 웃음 가득
영혼까지 아드레날린이 솟아나는

이 농와지경弄瓦之慶!

우리에게 행복의 패스워드를
안겨준 첫 손녀는 나우娜佑다

－「행복의 패스워드」 전문

'아버지'를 만나고, '두 자녀'를 생각했던 시인은 이제 '첫 손녀'를 이야기한다. "반짝이는 은빛비늘 옷이 선연한" "커다란 물고기"를 잡는 "태몽"을 꾼 시인 덕분이었을까? "행운의 여신"이 전파한 "행복"은 "첫 손녀"라는 이름으로 열매를 맺었다. 배순금이 시간을 거슬러 "사춘기 소녀"가 되어 "웃음"과 "아드레날린"을 얻는 상황은 "농와지경弄瓦之慶" 곧 '딸을 낳은 즐거움'이다. 시인에 따르면 모든 문제를 해결할 수 있는 "패스워드"와 같은 존재가 첫 손녀이다. 아버지와 자녀와 손녀를 곧 혈연血緣을 누구보다도 사랑하는 시인의 마음씨가 더할 수 없이 곱다.

순간순간 떠오르는 것을 어찌합니까
심장을 조여 오는 듯한 것들

뇌리에 새겨진
칼을 품은 말과 말들이 선명하게
가슴을 긋고 가는 이 형벌을

물론 허락도 없이
마음대로 일어서서
죽비를 쳐대는
뉘 삶의 굴레

별 없는 달빛 하얗게 부서져
창문을 타고 내리는 괴괴한 밤

사색의 뒤란 길
선명하게 솟구치는
지우고 싶은 기억의 편린들

므네모시네 강*물은
슬픔을 안고
찬연히 흘러가는데
모든 것 감싸 안은
방하착放下着은
자비와 관용
용서 속으로 가는 길이랍니까

큰스님의 열린 마음
환히 밝아 옵니다

-「죽비를 쳐」전문

이 시는 앞에서 다룬 작품들과는 다른 방향성을 보인
다. 이전 시편詩篇에서 우리가 확인할 수 있었던 바는 혈

연을 중시하는 인간미 넘치는 배순금의 모습이었다면, 이번 시는 삶의 본질적인 국면을 파고드는 시인의 면모를 제시한다. "심장을 조여 오는 듯한 것들" "칼을 품은 말" "가슴을 긋고 가는 이 형벌" 등의 표현이 조성하는 분위기는 어둡고 침울하다. "별 없는 달빛 하얗게 부서져/ 창문을 타고 내리는 괴괴한 밤"이나 "선명하게 솟구치는/ 지우고 싶은 기억의 편린들" 역시 독자들의 감정을 우울로 유도하기에 부족함이 없다.

"순간순간 떠오르는 것"들이, 기억이라는 이름의 파편들이 시의 화자 또는 시인을 흔든다. "므네모시네 강물을/ 슬픔을 안고/ 찬연히 흘러가는데"라는 6연의 진술은 이 작품의 배경을 신화적인 공간으로 전환한다. '죽비를 쳐'라는 시의 제목에서도 유추할 수 있듯이 배순금의 시 세계를 관류하는 핵심 요소 중 하나는 불교와 관련된다. 배제와 폭력, 차별과 증오가 난무하는 현대 사회에서 이 시의 마무리에 해당하는 "모든 것 감싸 안은/ 방하착放下着은/ 자비와 관용/ 용서 속으로 가는 길이랍니까// 큰스님의 열린 마음/ 환히 밝아 옵니다"라는 진술이 우리에게 전달하는 메시지는 의미심장하다.

> 울타리를 타고 넘어
> 넌출넌출
> 향나무 가지 부여잡고
> 피어오른다

행여
다가오는 님의 발소리
귀 크게 열어
듣고 지고

삼복 절기쯤이면
어김없이
도발적인 모습
선명한 주홍 빛깔로
시선을 끌어모으는
요염한 그대

기다림에 지친
처연한 그리움은
키를 넘어 지독한 상사병으로 도져
기다리고 기다리다
화장을 지우지도 않은 채
툭 툭 지고 말아

마지막도 화려한
전설이 돌고 돌아

－「능소화」 전문

능소화과의 낙엽 활엽 덩굴나무인 '능소화凌霄花'는 여
름에 깔때기 모양의 누르스름한 꽃이 피고 열매는 네모

진 삭과蒴果로 가을에 익는 것으로 알려져 있다. 이 시의 3연은 깔대기 모양의 누르스름한 꽃으로서의 능소화를 "삼복 절기쯤이면/ 어김없이/ 도발적인 모습/ 선명한 주홍빛깔로/ 시선을 끌어 모으는/ 요염한 그대"라는 절묘한 어구로 묘사한다.

이 작품은 나무 또는 꽃으로서의 능소화를 다루는 동시에 그것을 넘어선다. 이제 능소화는 도발적이고 요염한 여성으로서의 면모를 과시한다. 지금, 여기에서 '능소화'라는 이름의 여인은 '님'을 향한 해바라기가 된다. 우연한 "님의 발소리"를 기대하는 그녀의 마음은 "기다림"과 "그리움"과 "상사병"의 점층식漸層式을 완성한다. 5연 4행의 "툭 툭 지고 말아"에서 '툭 툭' 또는 '툭툭'은 하나의 의성의태어擬聲擬態語이자 음성상징어音聲象徵語이다. 배순금 시의 개성을 형성하는데 이런 의성의태어 또는 음성상징어는 매우 긴요한 역할을 담당한다. 예민한 독자라면 "툭 툭 지고 말아"라는 시행에서 김영랑의 시「모란이 피기까지는」을 떠올리는 일도 가능하겠다. 우리는 2연 4행의 "듣고 지고"와 5연 2행의 "돌고 돌아"에서 리듬이나 운율 또는 음악성 같은 어휘를 연상할 수 있다. 배순금 시인은 시를 노래와 결합하여 현대시를 시가詩歌로 이끈다.

　　낮이면
　　광란하는 소음 속에

귀 막고 눈 감은 상념으로
나들이 떠났다가
밤이면
더욱 아련하게
파고드는 젖은 눈빛으로
청아한 플루트의 음색으로
마냥
도져 오는 그대여

청정하게 마음 비우고
툭 툭 털어 멀리
무위의 일상을 흔적조차
쓸려 보내고 나면
돛배여
나를 태운 돛배여
힘껏 바람을 타라

행복의 고리 엮어
그대 사는 섬에
닻을 내린다

－「내게 시詩는」전문

시의 화자 '나'의 고백록, 배순금 시인의 시에 관한 고
백록告白錄이 여기에 있다. '나'가 세상을 바라보는 구도는
'낮'과 '밤'으로 구획된다. '나'에게 '낮'의 세계는 "광란하
는 소음"이거나 "귀 막고 눈 감은 상념"에 가깝다. 그에

반해서 '밤'의 세계는 "젖은 눈빛"과 "청아한 플룻의 음색"으로 구체화한다. '나'에게 부정성否定性으로 그득한 '낮'의 세계는 "무위의 일상"으로 이해될 수 있는 반면 '밤'의 세계는 '그대'라는 이인칭 대명사로 규정된다. 상대를 친근하게 또는 높여 이르는 '그대'라는 표현은 '밤'을 대하는 시인의 태도를 짐작케 한다. '밤'을 대하는 '나'의 태도는 '행복'과 다르지 않다. '밤'과 '행복'의 연결을 매개하는 가장 중요한 요소로서 '시詩'를 떠올리는 일은 독자의 몫일 테다.

왠지
낭만스럽기도 하고
아날로그를 연상시키는
'장항선' 열차

긍정적인 사고로
천천히 또 천천히
무척이나 평화롭다

느림은 만물을
안정 속에서 하나씩 하나씩
깨어나게 한다

스믈거리며 사라지려던
기억의 끄트머리를

움켜잡는다

파란 가을 하늘에
배시시
환하게 도겨오는 순수한
소년의 미소

행복했던 시간들과 교차하며
추억의 시간을 더듬는 이 시각
느릿느릿 가면서
맛보는 느림의 안정감

흘러간 영상들이
오버 랩 되어 와
아름답기 그지없다

– 「느림의 미학」 전문

배순금의 시를 읽는 독자들은 이 시의 제목이기도 한 '느림의 미학'을 적극적으로 경험하는 기회를 얻게 될 것이다. 시인은 지금 '장항선 열차'를 타고 이동하는 중이다. 속도의 테크놀로지가 집약된 '케이티엑스KTX'가 아닌 "낭만스럽기도 하고/ 아날로그를 연상시키는", '장항선 열차'를 타고 있다는 사실이 긴요하다. 이 열차는 "천천히"와 "느림"을 대표적인 속성으로 갖는다. 이는 '평화'와 '안정'과 '행복' 같은 긍정성肯定性의 어휘를 동반한다.

장항선 열차는 '기억'이나 '추억' 또는 '오버 랩' 같은 표현과 겹쳐지면서 '아름다움'을 완성한다. 이 열차를 타는 승객들은 "느릿느릿 가면서/ 맛보는 느림의 안정감"에 취할 수 있다. 그들이 맛보는 풍경은 "파란 가을하늘"이고 그들이 떠올리는 기억은 "순수한/ 소년의 미소"로 대변된다. '천천히' 또는 '느림'의 미학美學을 실천하고 있는 이 시의 독자들은 프랑스의 철학자이자 작가인 피에르 쌍소를 기억해야할지도 모르겠다. 「느리게 산다는 것의 의미」를 되새기는 일도 그리 나쁜 선택은 아닐 게다.

　　　어느 날
　　　이지러지고
　　　헝클어진 마음에
　　　제 자리 찾기를 일러주며
　　　불심佛心을 추슬려 주던
　　　보리수 잎 반지

　　　차분한 성정의 삶을
　　　관조하며 반추하던 그 날

　　　흘러간 강물은 다시
　　　돌아오지 않는 거라고
　　　귀띔해 주던
　　　보리수 잎 반지

자비와 관용만이
고통에서 헤어날 수 있다는
진정어린 메시지로
마지막 퍼즐을 맞추어 주던
보리수 잎 반지

　　　　　　－「보리수 잎 반지 ― 목아 박물관에서」전문

　앞에서 살핀 「죽비를 쳐」와 유사한 계열을 형성하는 시
이다. 작품의 제목에 등장하는 '보리수菩提樹'는 석가모니
가 그 아래에서 변함없이 진리를 깨달아 불도佛道를 이루
었다고 하는 나무 또는 그것의 열매이다. 시인은 여기에
서 '보리수 잎 반지'에 주목한다. 그녀에 따르면 이 반지
는 "이지러지고/ 헝크러진 마음에/ 제 자리 찾기를 일러
주며/ 불심佛心을 추스려 주"는 역할을 담당한다. 보리수
잎 반지는 뭔가 아쉽고 부족한 마음을 온전하게 다독이
는 기능을 갖고 있다. 온갖 갈등과 분노와 치욕으로 들
끓는 불안정한 삶을 "차분한 성정의 삶"으로 이끄는 이
반지는 '나'를 "관조하며 반추"하게 돕는다. 이 시의 4연
에는 "자비와 관용만이/ 고통에서 헤어날 수 있다는/ 진
정어린 메시지"가 등장한다. 우리는 배순금의 시 세계에
서 끊임없이 불타오르는 불도佛道와 불심佛心에 주목해야
겠다.

　예로부터
　아낙네 이 다리 건너면

아들을 점지해 주고
노인네 이 다리 건너면
무병장수한다네

나라에 큰 변고 다가오면
이 다리 큰 울음소리를 내고
예로부터 큰 인물 유고시엔
이 다리 상판이 뜬다 하네

천년의 세월을 무색게 하는
이 돌다리는
동양 제일의 유구한
농다리籠橋라네

─「명물 1 ─ 농다리」 전문

충청북도 유형문화재 제28호인 '농다리籠橋'를 다루는
시이다. 시인에 의하면 농다리는 아낙네에게는 "아들을
점지해 주고", 노인네에게는 "무병장수"를 주며, 나라의
"큰 변고"를 "큰 울음소리"로 표시하고, "큰 인물 유고
시"에는 상판을 띄워서 알려주는 그야말로 '명물名物'이
다.

위에서 언급한 바는 '명물로서의 농다리'라고 하는 이
작품의 주제적 측면이었다. 이번에는 시라는 문학 장르
의 형식적인 본질에 관해서 이야기하려고 한다. 전 5연
으로 구성된 이 시에서 1연 2행과 4행, 2연 2행과 4행에

는 공통적으로 "이 다리"가 제시된다. 또한 3연 2행과 4행에는 "이 돌다리"와 "농다리籠橋"가 출현한다. "이 다리"의 거듭된 제시를 '반복反復'이라 부를 수 있다면 "이 돌다리"와 "농다리籠橋"의 출현은 '변주變奏'로 칭할 수 있겠다. 이 시를 읽는 독자들이 유려한 리듬감을 느낀다고 말할 수 있다면 배순금 시인은 작품의 리듬이나 운율 또는 음악성의 영역에서 돌올한 성취를 이룬 셈이다.

그 이름만으로도 낭만이
넘치는 센강

반짝이는 물살에
상큼한 밤바람

파리의 야경이 닻을 올리면
노천객석의 유람객들
나풀대는 머리칼에 한껏 높은 웃음소리

거스르는 강을 따라 펼쳐지는 풍물에
육중한 교각들
퐁네프의 다리를 지나
저 멀리 휘황한 에펠탑은
네온으로 불붙은 채 전신을 드러내는
— 「너무 아름다워」 전문

배순금의 개성을 오롯이 보여주는 시이다. 시인은

"세-느 강"이라는 "그 이름만으로도/ 넘치는 낭만"을 느낀다. "빠리"의 야경夜景에서도 "뽕네프의 다리"나 "에펠 철탑"에서도 그녀는 감당하기 힘든 낭만을 감각한다. 배순금은 "반짝이는 물살에/ 상큼한 밤바람"이나 "나풀대는 머리칼에 한껏 높은 웃음소리" 같은 "저 멀리 휘황한", '빠리'가 "너무 아름답다"고 이야기한다. 우리는 이 시의 제목인 "너무 아름다워"에 담긴 직설적으로 밝히는 진솔하고 원초적인 감정에 주목해야겠다. "very beautiful"이나 "so beautiful" 또는 "too beautiful"에 해당하는 이러한 감정은 배순금 시를 읽는 독자들의 마음을 순화하고 고양할 수 있다는 점에서 긴요하다.

아침 예불을 마치면 그네들은
깨끗한 바리때를 챙겨 든다

무명천 한 장이면 족한 그들의 의상에
맨발로 일곱 집만 간다

주는 이와 눈을 마주치지 않는 불문율 속에
주는 이의 공덕을 쌓을 기회를 베풀고
무소유계를 실천하는
공양과 보시의 수행방식이다

연이어 세 집이 탁발을 안 하면
그 날은 굶는다

굶어도 평화로운 일상

탁발 음식은 넷이서 나눈다
동료 수행자, 가난한 사람, 신
나머지 하나를 먹는다

하루 한 끼를 먹으며
아집我執과 아만我慢을 배제하고
무욕無慾과 무소유無所有의 생활은
그저 행복하기만 하다

오로지 현실에 만족하며 불경을 외우는데
시간 가는 줄 모르는 민족성
낭랑한 목소리가 이채롭다

　　　　　　　　　　　　　－「탁발托鉢」 전문

　이 시는 '미얀마'를, 미얀마의 '불교'를, 불교를 온몸으
로 전파하는 '승려들'을, 승려들이 실천하는 '탁발托鉢'을
이야기한다. 이 작품은 소승불교小乘佛敎에 속하는 미얀마
불교의 탁발에 관한 풍속도風俗圖 또는 풍속화風俗畵이다.
배순금이 여기에서 "그네들"로 부르는 이들은 '승려들'이
다. 미얀마의 승려들에 대한 핵심 표현을 간추리면 2연
의 "천 한 장"과 "맨 발"과 "일곱 집만"을, 4연의 "세 집"
을, 5연의 "넷"을, 6연의 "하루 한 끼" 등을 꼽을 수 있
다. 단출한 숫자를 기반으로 하는 이러한 표현은 미얀마

승려들이 지향하는 "무욕無慾과 무소유無所有의 생활"을 보여준다. 그들은 "아집我執과 아만我慢을 배제하고" "오로지 현실에 만족하며 불경을 외우는데/ 시간 가는 줄 모르는 민족성"을 보여준다. 시인이 지속적으로 추구하는 불도佛道와 불심佛心이 독자들에게 적절하게 전달될 수 있는 시가 「탁발托鉢」이다.

3.

우리는 지금까지 「안부 2 — 보고 싶은 아버지께」 「텅 빈 방」 「행복의 패스워드」 「죽비를 쳐」 「능소화」 「내게 시詩는」 「느림의 미학」 「보리수 잎 반지 — 목아 박물관에서」 「명물 1 — 농다리」 「너무 아름다워」 「탁발托鉢」 등의 시편을 중심으로 배순금의 새 시집을 고찰하였다.

배순금의 이번 시집에는 독자들의 눈길을 사로잡는 몇 가지 방향성이 있다. 첫째 「안부 2 — 보고 싶은 아버지께」 「텅 빈 방」 「행복의 패스워드」 등의 시에서 '아버지'와 '딸' '엄마'와 '자녀' '할머니'와 '손녀' 등 '혈연血緣'의 소중함을 인간미 넘치게 보여주었다. 둘째 「죽비를 쳐」 「보리수 잎 반지 — 목아 박물관에서」 「탁발托鉢」 등의 시에서 한없이 불타오르는 불도佛道와 불심佛心을 보여주었다. 셋째 「능소화」 「명물 1 — 농다리」 등의 시에서 리듬이나 운율 또는 음악성의 엄청난 성취를 이루었다. 그밖에도 '내게 시는' '느림의 미학' 또는 '진솔하고 원초적인 감정' 등을 개성적이고 독특한 시각으로 시화詩化하였다.

1991년 등단 이후 쉼 없이 달려온 배순금의 시 세계는 시력詩歷 30년을 향하여 계속 나아갈 예정이다. 시인은 이번 시집에서 누구보다 따뜻한 인간으로서의 면모와 신심信心 그리고 '밤'과 '행복'의 연결을 매개하는 가장 중요한 요소로서 '시詩'를 포용하는 모습을 보여주었다. 우리는 그녀가 포착한 '느림의 미학'과 '너무 아름다워'라는 표현에 담긴 넘치는 낭만이야말로 현대인에게 꼭 필요한 덕목임을 인정하지 않을 수 없다. 그런 까닭에 이 시집을 읽은 당신과 나는 배순금의 시 세계가 더욱 넓어지고 깊어질 것임을 확신할 수밖에 없다.